U0005408

伊麗莎白的凡爾賽冒險

2 王后的禮物

安妮·潔 (Annie Jay) 文

雅瑞安·德里厄 (Ariane Delrieu) 圖

許雅雯 譯

人物介紹

伊麗莎白

路易十六的妹妹

路易十五

伊麗莎白的祖父，法國國王（一七一五～一七七四年）。

路易十六

伊麗莎白的哥哥，法國國王（一七七四～一七九三年）。

瑪麗—安東尼

路易十六的王后，奧地利女王瑪麗—特蕾莎最小的女兒。

查理—菲利浦

伊麗莎白的哥哥。娶了瑪麗—泰蕾絲。

路易—斯坦尼斯拉斯

伊麗莎白的哥哥。娶了瑪麗—喬瑟芬。

諾瓦耶夫人

瑪麗—安東尼王后的親隨仕女。

瑪桑夫人

伊麗莎白的家庭教師

梅克夫人

伊麗莎白的副家庭教師

安潔莉可·梅克

梅克夫人的女兒，伊麗莎白最親密的朋友。

克蘿蒂

伊麗莎白的姊姊

科林

伊麗莎白的小男僕

泰奧菲

王室侍童，伊麗莎白的好友。

前情提要

有點粗野、有點叛逆的伊麗莎白在城堡裡過著孤單的生活。幸好，她和副家庭教師的女兒——安潔莉可，很快就成了知心好友。這兩個好朋友和年輕的侍童泰奧，在珍貴的音樂盒裡找到一張隱藏的字條……三人因此展開一場冒險，尋找一幅消失了超過三十年的畫作《拿著玫瑰的女士》。

第一章

伊麗莎白坐在馬車裡，看著窗外掠過的風景。她和其他王室成員離開凡爾賽已經有兩個小時了。這位公主想起最近發生的事，每一件都為她的生活帶來天翻地覆的變化。

她的祖父，路易十五辭世了。宮廷裡的廷臣[1]

註1：「廷臣」，為王室家庭服務的貴族。這次遷居，總數一萬人的廷臣中，共有五百名隨王室一同前往舒瓦西城堡。

決定遷往舒瓦西城堡暫住，避免被老國王身上的傳染病波及。

伊麗莎白的大哥在老國王駕崩當日即位，成為新的國王，定名路易十六。

「可憐的路易——

奧古斯特！」她嘆了口氣，「他才十九歲。這麼年輕就要統治一個國家！」

「妳爺爺的葬禮是什麼時候呢？」她的好朋友安潔莉可．梅克問道。

「明天儀式會在聖丹尼教堂進行，他會和王室的先祖們葬在一起。」

「妳不去觀禮嗎？」

伊麗莎白搖了搖頭，「我連告別的機會都沒

有！可是幾個月後，等美麗的大理石棺做好了，就會有另一場儀式。」

她轉向安潔莉可，繼續說：「聊一點開心的事吧！相信我，舒瓦西是個美麗的地方。那座城堡建在塞納河畔，我們也許能搭乘小漁船去散心。」

幸好，法國王室子女的家庭教師——嚴厲的瑪桑夫人，沒有乘坐他們的馬車。否則她肯定不會允許這種娛樂。「乘船出遊？」她會大叫，「天啊，這簡直太俗氣了！」

不過，她的新教師，梅克夫人就不一樣了。她非常欣賞這個提議，並說：「真的嗎？肯定很舒服。您要是喜歡，我們下次可以試試，還能夠順便觀察魚和植物。安潔莉可，妳說呢？」

「媽，我喜歡這個主意！」

一行人抵達舒瓦西後，侍僕們立即手忙腳亂地打開行李箱。

沒多久，瑪桑夫人來到梅克夫人和兩位女孩的身邊。

「這裡的房間又少又小！」她抱怨，「怎麼可能住得下五百名廷臣！我該不會要和那些……家僕一起睡在屋頂下的傭人房裡了吧？」

瑪桑夫人喋喋不休，抱怨個不停！

「這座城堡確實很美，」伊麗莎白回應，「可惜太小了，無法容納整個宮廷的人。我們只能像桶子裡的燻鯡魚一樣擠成一團了！」

「女士[2]！」家庭教師大喊，「請注意您的言論，這些話太低俗了！」

公主臭著臉轉向梅克夫人。

梅克夫人竟然出言頂撞上級：「伊麗莎白女士說的恐怕沒錯。雖然她用了一個畫面鮮明的比喻，

註2：在法國，所有國王和王太子的女兒自出生起就被稱為「Madame」（女士）。

對於一位法國的公主來說，有點……出乎意料。」

這兩個女人簡直天差地別！一個嚴厲地令人反感，另一個則公正且合情合理。

「希望我們能盡快回到凡爾賽，」瑪桑夫人冷冷地接話，「身為貴族的我，不應該住在這種地方！」

伊麗莎白對她這番話感到氣憤，忍不住回嘴：

「我的姊姊克蘿蒂、三個哥哥和他們的妻子、三個姑姑和我，我們都能忍受。您怎麼就不行了？」

「豈有此理！」家庭教師丟下這句話，趾高氣揚地走了出去。

「做得好，」安潔莉可低聲說，「她都說不出話來了。我真討厭她。」

一隊僕人搬來伊麗莎白的大鍵琴[3]和豎琴，還

註3：大鍵琴：外觀類似鋼琴的弦樂器。

有四個鑲了法國王室百合花徽紋的箱子。她們給僕人讓開了一條路。

「出去呼吸一下新鮮空氣吧，」梅克夫人提議，「我會指揮他們把您的物品擺好。」

「不帶護衛嗎？」伊麗莎白心裡雖然高興，卻還是不免驚訝，「瑪桑夫人堅持我出門一定要有大人陪侍。」

這位副家庭教師笑著說：「不久前，您才向我保證不會再做壞事了。我相信您。再說，會發生什麼事嗎？」

「沒錯，」安潔莉可在旁附和，「而且我會陪著妳。如果有人敢對妳做什麼事，我會保護妳的！」她開玩笑地說。

兩人走出城堡，穿過庭院。庭院裡停著許多馬車。穿著繡花緊身夾克衫[4]、頭戴假髮的男士從馬車上下來，有些人身上帶著皮革袋子。所有人看起來都一臉焦慮。

「發生什麼事了嗎？」伊麗莎白擔心地問。

「我也不知道……」

「女士！小姐！」她們聽到有人呼喊。

原來是年輕的泰奧菲·維勒博子爵，她們那位身為侍童的好朋友。他脫下了帽子，向兩人深深鞠躬致意。

註4：緊身夾克衫：法國貴族和資產階級的男性穿的長外套。

「這趟旅行真累！」他說道，「宮廷的馬車隊伍綿延了一里多[5]！我和其他侍童騎馬趕路，吃了不少灰！」

伊麗莎白笑了起來！

「你們的住所安排好了嗎？」

「好了，在馬廄那裡的宿舍。我和其他室友相處融洽，我想我們會找到很多樂趣！」

不遠處，四個臉色陰沉的男人從一輛馬車上走了下來。

伊麗莎白靠向侍童低聲說道：「泰奧，你知道那些人都是誰嗎？」

「他們是您的祖父路易十五的大臣。因為您的哥哥有可能不讓他們繼續任職，所以他們才一臉沮喪。國家的形勢不太妙……」

註5：里（lieue）：舊時的長度單位，一里約等於四公里。

「不太妙？」伊麗莎白皺起眉頭重覆他的話。

泰奧清了清喉嚨。

「我不應該多話……」

「別這樣，泰奧！」公主哀求著，「到目前為止，他們都把我推得遠遠的……拜託你告訴我！」

「人民生活在水深火熱之中。他們受夠了不平等的日子，想要更多的自由。」

「這樣才公平！」

「我也是這麼想。可是大多數的貴族都希望保有他們的特權。貴族成員和神職人員都不用繳稅，而一無所有的平民卻被稅收壓得喘不過氣來……」

「喔……我以前都不知道這些。」

「那我們那位小提琴家呢？」他趁機換了話題，「您覺得我們能找到他嗎？」伊麗莎白有一個自動音樂盒[6]，上面是一個彈大鍵琴的人偶。這個

註6：自動音樂盒（automate）：一種可以重現生物的動作和姿態的機器。

音樂盒本來屬於泰奧的家族，公主在裡面發現了一張密碼。她解開密碼後發現，還有另一個小提琴手的音樂盒，那個音樂盒能帶他們找到《拿著玫瑰的女士》，一幅價值連城但消失了三十多年的畫作。

「維勒博先生！」一名守衛喊了他的名字，「馬廄那裡有人找您！」

「唉，」泰奧嘆了口氣，「我得先離開了……」他向朋友們道別。兩個女孩也慢慢地往城堡的大門走去。

「妳覺得，小提琴手會藏在哪裡呢？」安潔莉可問道。

「應該會在國王爺爺的寓所裡……也就是我的大哥和嫂嫂瑪麗—安東尼現在住的地方。還好我跟她的關係不錯。我們去拜訪她怎麼樣？」

第二章

路易十六和瑪麗—安東尼的住所裡熱鬧極了，僕人們正忙著拆卸箱子和擺設小飾品。

這裡的一切都美得令人驚嘆：金色的家具、豪華地毯、水晶吊燈……

她們在許多親隨仕女之間看到法國的新王后。

瑪麗—安東尼是一位迷人的十八歲少女，身材纖細、皮膚白皙、眼睛碧藍。她高高的金色髮髻上撲了粉，身上穿著一件美麗的紫色絲質洋裝。

原本悶悶不樂的她，在看到伊麗莎白出現時，立刻露出了燦爛的笑容：「巴貝，太驚喜了！妳[7]看看搬家多無聊，而且這裡好悶啊！我讓她們把窗戶都打開了，還是覺得喘不過氣來。」

註7：法國王室成員彼此間皆以敬語稱呼對方，宮廷中的貴族也是。伊麗莎白和安潔莉可沒有用敬語「您」相稱，這樣的行為其實是不被允許的。而本書為了更貼近華語的使用習慣，修改過幾處敬語，改用「你／妳」互稱。

伊麗莎白掃視著房間裡的家具，從四柱床到精緻的梳妝臺，再到西洋雙陸棋桌[8]、繡花座椅和擺了鏡子的大理石壁爐……但沒有音樂盒！

「這裡的擺設很漂亮，對吧？」王后優雅地搖著扇子，誤以為伊麗莎白是在欣賞房間，「妳的祖父很有品味。只可惜，這裡根本是為洋娃娃做的！我們和五百個廷臣被困在這座迷你城堡裡。」

註8：西洋雙陸棋（trictrac）：當時流行的桌遊，一種用棋子和骰子玩的遊戲。

她嘆了口氣，噘起嘴，又繼續說道：「妳的哥哥工作起來廢寢忘食，新的職責給他帶來很大的壓力！而我，我好無聊。嘿！」她突然說，「天氣這麼好，不如我們一起去散步吧？」

「殿下！」她的親隨仕女[9]諾瓦耶夫人打斷了她，「您現在不能去。您必須和國王陛下一起去接見大臣……」

瑪麗—安東尼漫不經心地聳聳肩，然後煩躁地回道：「那是我丈夫的事！」

「可是，根據王室禮節規定，法國的王后不應該……」

「總之，」王后直接打斷了她的話，「我決定好了，我要出去！而且我不需要任何人陪同。」

「女士！」諾瓦耶夫人驚慌失措地說，「我說了，這是不可能的！」

註9：親隨仕女（dame d'honneur）：負責陪伴並服侍貴族女性的女人。

可是瑪麗—安東尼只是笑了笑：「巴貝，來不來？我們也可以找妳的姊姊克蘿蒂一起。」

「瑪桑夫人不許我……」

「管他的瑪桑夫人！她真是個老古板！」她彎下腰低聲對小姑說：「我們給她和諾瓦耶夫人取了外號，就叫『禮節夫人』。誰叫她們對那愚蠢的教條如此痴迷。妳的朋友要不要加入我們呢？」她提高了聲量說出最後這句話，試圖掩蓋剛才說的內容。

侍女們紛紛發出驚愕與憤慨的「喔！」聲。受到邀請的安潔莉可也帶著驚訝，深深地行了禮：「殿下，這是我的榮幸。」

她說這句話時，瑪麗—安東尼已經走到門口，留下身後一陣迷人的香水味。

第三章

她們命人準備了一輛馬車，接了克蘿蒂後，四個人在附近的森林小徑裡閒晃。瑪麗—安東尼打著陽傘，和同伴們開玩笑，逗她們開心。那一刻的她真是太漂亮、太美好了！就連她說話時流露出的一點德國口音也為她的魅力增色不少。

「總算可以呼吸新鮮空氣了。我受夠了關在那些小交誼廳裡，接受所有人致意的日子……可以想像我一直都被諾瓦耶夫人監控嗎！現在我當上王后了，國王也是站在我這裡的。從今往後，我只做我想做的事！」

伊麗莎白同意她的話，可是克蘿蒂卻低下了頭。她臃腫的身體擠在綢緞洋裝裡，幾乎都要喘不過氣來了。

她悲傷地低語：「我不會有妳這麼幸運。我的未婚夫，皮埃蒙—薩丁尼亞的王子，是個恪守禮儀的人……」

「那麼，」瑪麗—安東尼開玩笑地說，「妳只要迷惑他，讓他別那麼嚴厲就好！」

「我永遠也做不到的……我太醜了。」十四歲的克蘿蒂對自己沒有任何信心。體重的問題困擾著她。宮廷裡的人都嘲笑她，甚至給她取了外號叫「胖女士」。

「克蘿蒂，首先，妳一點也不醜！再說，妳可是全歐洲最有教養的公主呢。妳的未婚夫若是不聽妳的話，那就太不明智了！」

「巴貝，說得好！」瑪麗—安東尼馬上同意了她的觀點。

這時，她突然發出一聲尖叫！馬匹的兩隻前腳高舉，馬車也晃了起來。四名乘客緊緊抓住了馬車，車伕立即起身下車。

「發生什麼事了？」伊麗莎白擔心地問。這時，她看到路旁的落葉裡躺著一名穿著深褐色衣服的農婦。婦人身旁還站著一個衣衫襤褸的男孩。

「我沒看到她！」車伕喊道，「她突然衝到路上……馬受到驚嚇……」

他俯身查看受傷的婦女，確認她還有脈搏後，拍了拍她的雙頰。王后等人也走下馬車。瑪麗—安東尼不顧自己的身分，在婦人身旁跪了下來。

「她需要幫忙！」她叫道，「快！菲爾曼，快去找個醫生……」她吩咐車伕。

「把您留在這裡嗎？女士，我不能這麼做！」

「那麼，」伊麗莎白提出建議，「只好把她載到城堡裡了。」

「不行！」男孩大聲喊道。農婦這時已經清醒了。她看到這些人身著華麗的衣服，嚇了一跳，試圖站起身。

「唉唷。」她發出痛苦的呻吟，感覺天旋地轉，站都站不穩。

「別擔心，」瑪麗—安東尼安慰她，「我們會照顧您的。」

男孩立刻插話：「謝謝您們的好意，可是我夠大了，可以照顧我的母親。她不是故意要闖到路上的，她聽不見馬車的聲音。拜託您，不要把她關到監獄裡！如果她被抓了，我的弟弟、妹妹們要怎麼辦？」

「監獄？」

伊麗莎白感到驚訝，「為什麼要關到監獄？你們又沒做什麼！」

男孩顯得有點不知所措。她觀察了眼前的男孩。大約十歲或十一歲。他的雙頰凹陷，髒兮兮的，黑色的頭髮亂七八糟，腳邊放著一堆樹枝。

「那是要給壁爐用的木頭。」菲爾曼解釋，「按理他們不能在王室領地上撿木頭。」

「沒有關係的！」伊麗莎白回應，「我們可以載他們回家。」

「您們？」男孩有些驚慌，「我們家？您是在開玩笑嗎？」

「走吧。」瑪麗—安東尼下達命令。菲爾曼將農婦攙起，坐到他身邊的位置上。接著，她的兒子也爬到車伕身旁，為他指引方向。

五分鐘後，他們來到一塊林間空地，空地上立著一棟破舊的小屋。圍欄裡關著一隻山羊和幾隻雞。三個孩子聽見聲音立刻跑了出來。

看到幾位穿著華麗的女士時，他們紛紛露出敬畏的神情問候。而車上那位可憐的女人則搖搖晃晃地走了下來。

她轉向瑪麗—安東尼，比了幾個奇怪的手勢。

「媽媽想請您們喝一碗山羊奶。」

男孩說明。王后看著孩子們瘦得可怕的身軀，心想，要是她接受了那一碗山羊奶，孩子們要吃什麼？

「謝謝你們的好意。我喝水就可以了。你的父親呢？」她又擔心地問道。

「女士，他死了。我接下了他的工作，偶爾在

磨坊做些零工[10]，負責搬運麵粉。」

瑪麗—安東尼驚訝地叫了聲「喔！」

伊麗莎白則氣憤地說：「你年紀這麼小，怎麼能搬運麵粉袋！」她想起梅克夫人那天的教導：兩個和她在同一天出生的可憐孩子，卻沒有她那麼幸運，必須靠自己謀生。一股憤恨的火焰在她心中燃起。命運之神為什麼只眷顧她，讓其他那麼多人生活在苦難之中？這是多麼不公平的事啊！

「你想不想辭掉現在的工作，來我這裡幫我做事？」伊麗莎白向男孩提議。

安潔莉可和克蘿蒂同時發出驚訝聲。僱用一個陌生人？伊麗莎白發瘋了嗎？

可是瑪麗—安東尼竟然表示贊同：「有何不可？我會跟瑪桑夫人提這件事，她不會拒絕我的。孩子，你叫什麼名字？」

註10：零工（manouvrier）：沒有證照的工人，做著零散且非長期的工作。

「科林，為您效力。」

「好的，科林，從現在開始，你是伊麗莎白女士的僕人了！」

「女……女……」男孩結結巴巴，說不出話，

「伊麗莎白女士？新國王的妹妹？你們真的是……」

伊麗莎白點了點頭，小農夫臉色頓時刷白。她露出微笑，向他們介紹了身旁年輕漂亮的同伴：

「這位是王后殿下。」

科林感到雙腿發軟。

「王……王后……殿——」他跪下來想親吻瑪麗—安東尼的裙襬，但她將他扶了起來。她從口袋裡拿出一個緞面小錢包，遞給了婦人。

「我的馬差點就壓傷你的母親了，」她對科林說，「我應該為這場意外賠償你們。拿著這些錢……明天，你就到王室子女的家庭教師那裡報到。」

第四章

安潔莉可和伊麗莎白回到城堡後，迫不及待地向梅克夫人講述今天發生的事。

「真是件好事！」梅克夫人稱讚了她們，「多虧了妳們，這個家庭不必再生活於貧困之中。科林可以為我們跑腿。之前，我想向瑪桑夫人或公館[11]那裡傳遞訊息時，都得拜託女僕幫忙。他可以和其他僕人睡在一起，每個週日也可以和家人團聚。」

兩位女孩在裝滿衣服的木箱之間享用了一頓豐盛的下午茶後，決定再次出發尋找音樂盒。

「我們現在就去找路易—斯坦尼斯拉斯（Louis-Stanislas），」伊麗莎白提議，「他是哥哥們裡最聰明的一個。他非常博學多聞，思維敏銳。但可惜的是，他不太關心他的姊妹們！」當她正準備走進他

註11：公館（Communs）：用來當作廚房、馬廄和部分僕人住所的建築。

的住所時，突然聽見半開著的門裡傳來：「路易—奧古斯特無法勝任的。我本來可以當一個比他更出色的國王。」

「你說的沒錯，」房間裡傳來另一個聲

音，是他的妻子瑪麗—喬瑟芬（Marie-Joséphine）。

「他太優柔寡斷，老是猶豫不決！更不用說瑪麗—安東尼了，再也找不到比她更糟的王后了！她無視自己的職責，嘲弄廷臣！」

「或許，」路易—斯坦尼斯拉斯又說，「為了王國的利益，我們應該……嗯，奉承他？這樣我們就可以在他身邊管控國家……而他不會察覺到……」

正當伊麗莎白和安潔莉可打算退出去時，一個僕人看見了他們，在認出公主後，馬上向裡面通報了。

「巴貝？」路易─斯坦尼斯拉斯一臉驚訝，「妳怎麼沒有跟親愛的瑪桑夫人在一起？」

他非常敬愛從小就教導他的家庭教師，而他也是瑪桑夫人最偏愛的王室子女。

「沒有。她和克蘿蒂在一起。我的住所實在太亂了，所以我決定在城堡裡晃一晃，等他們收拾好再回去。我可以參觀一下你的住所嗎？聽說它很美……」

路易—斯坦尼斯拉斯看上去不是很樂意，但他也無法拒絕。

「想看就看吧。」他的妻子瑪麗—喬瑟芬是個身材嬌小、褐髮的二十歲女性，看上去非常嚴肅。她帶著兩人走進房間與交誼聽……可是，這裡也沒有小提琴手的蹤影。

伊麗莎白表示感謝後，便和安潔莉可一起離開了。一走出房門，安潔莉可就低聲說：「妳聽到了嗎？他想和妳大哥一起統治這個國家。」

「路易—斯坦尼斯拉斯一直都很忌妒大哥，我們是不是應該去提醒他？」伊麗莎白皺了皺眉頭說道。

「那是大人的事情，」安潔莉可尷尬地回答，「我們還是快回妳的住所吧，已經很晚了。」

第五章

隔天一早，伊麗莎白帶著好心情起床。今天科林要來她這裡工作了。

她才梳洗完畢，安潔莉可就來到她的房裡。她的貼身女僕們正幫她把長長的捲髮整理好，綁上緞帶。「今天，」她對她的朋友說，「我們要找另一個哥哥——查理。他很有趣，我好愛他！」

沒想到，她的好心情沒有持續太久……她的法文與拉丁文教師——蒙特古修道院的神父，走了進來。黑色的衣服、白色的假髮、嚴肅的神情……伊麗莎白皺了皺眉。她不喜歡學習，而且這個男人總是會找到機會數落她。他今天又會想出什麼名堂來毀掉她的一天？

「所以，」他開口了，「梅克夫人認為您在玩樂中會學得更好。瑪桑夫人同意了。她覺得，也許這樣一來，您就不會再做那些愚蠢的壞事了……」

伊麗莎白憤慨地說：「注意您的言辭。即使我是一個壞學生，也不代表我愚蠢！」

梅克夫人沒有責備公主，反而轉向那個男人：「神父，您弄錯了。我向您保證，伊麗莎白公主總有一天會讓您感到吃驚的！」

面對她的批評，這位教師抿了抿嘴唇：「我很懷疑。俗話說：『你不能把驢子變成賽馬。』[12]但還是試試吧。既然我們要玩得開心，我們就來……演戲吧。」

伊麗莎白雀躍歡呼：「喔耶！」

「您說什麼？」女教師帶著責備的語氣問。

「我的意思是，」伊麗莎白重說了一次，「我非常樂意參與戲劇演出。誰要一起？」

「這個嘛，您，克蘿蒂女士，還有您的朋友安潔莉可。我們會排練幾次，幾天後，你們會在王室成員面前演一齣短劇。」

「喔耶！呃……我的意思是，我非常願意。」

教師分別將幾張紙交給三個女孩。伊麗莎白認出上面的字是瑪桑夫人寫的。

註12：法國俗諺，形容人的個性不可能改變，即使換了環境還是原來的樣子。

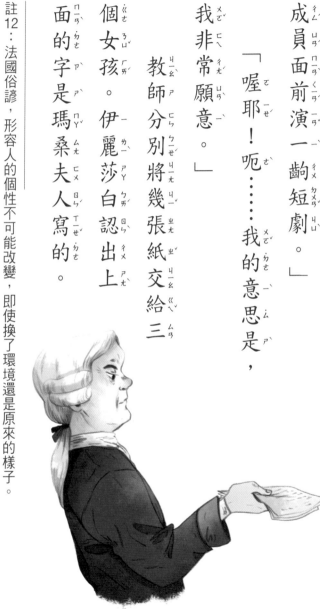

讀了幾幕後，她就明白這齣戲說的是，一個不聽父母話的小女孩，所遭遇的悲慘事跡。

故事的最後，小女孩意識到自己做錯了，和大家擁抱在一起。伊麗莎白的角色當然是主角小女孩，克蘿蒂是父親，安潔莉可則是母親。

「聽起來真是個糟糕的童話故事！」伊麗莎白忍不住笑了起來。

教師立刻露出不悅的表情：「您只要把臺詞背

熟，然後正確地背誦出來就行了！」

「神父，我會的。」她假裝認真地回答。

由於她的記性很好，很快便把臺詞記熟了。只不過，放到舞臺上表演時就沒有那麼順利了！當她表演請求父母原諒時，教師要求她：「請跪下來。雙手交叉放在心上，昂首挺胸，這樣的姿勢看起來更莊嚴。」

伊麗莎白照做了。但她覺得自己看起來很可

笑，忍不住大笑起來，含糊說完了臺詞。

「不行！」克蘿蒂氣憤地說，「妳一直笑，我就沒辦法演下去……」

「對不起。」

伊麗莎白集中精神又說了一次：「父親，請原諒我沒有聽從您的教導，我不會再做壞事了……」

「孩子，我原諒你！」克蘿蒂慎重地喊道。

然後，安潔莉可幫助伊麗莎白站起來，三個人抱在一起，終於和好了。

站在門口的科林看到這一幕非常感動，忍不住拍了手！

「好美啊……」

他讚嘆著，「我看不懂故事，可是表演得

真好！」

經過兩個小時的排練後，神父總算覺得滿意了。他帶著克蘿蒂離開，留下梅克夫人繼續上課。

伊麗莎白忍不住嘲笑起來：「這齣戲實在太可笑了！」

副家庭教師露出笑容，但還是糾正了她：

「不要太苛刻。這齣戲的內容確實不怎麼高明，但再怎麼樣都是瑪桑夫人用心寫出來的……我們繼續上課吧！今天要上一點歷史。誰可以告訴我法蘭索瓦一世(François Ier)的繼位者是哪一位國王？」

科林站在房間一角聽著上課的內容，聽得目瞪口呆。

一點也不想上課的伊麗莎白轉過頭去，開著玩笑問他：「你知道嗎？法蘭索瓦一世之後是哪個國王？」

新來的侍僕低下頭，滿臉通紅，尷尬地回答：「女士，我不知道，但我很想知道……請問，我可以留下來聽課嗎？」

現在輪到公主目瞪口呆了。小農夫竟然想學習嗎？

科林以為要挨罵了，趕緊解釋：「沒事，我該走了。一定還有工作要做的……如果我收了錢還偷懶，媽媽會不高興的……」

他轉過身，正準備要離開。

「科林！」伊麗莎白叫住他，「你真的想學東西嗎？法蘭索瓦一世等等的？」

「當然了，女士……可是我笨得跟驢一樣……我不會認字，也不會寫字……可是我很想學……」

伊麗莎白的眼裡含著淚珠。她忍不住嘆了口氣：「這裡只有一頭驢子。就是我，不懂得珍惜學習機會的我。」

接著，她問了梅克夫人：「科林可以留下來聽課嗎？」

「我有個更好的提議，」家庭教師說，「既然他想學，就由您來教他讀書寫字。」

「我？」

「當然了，就是您！你們兩個都不笨。您把科林帶進城堡裡，就要對他負責……您覺得做得到嗎？」

伊麗莎白望向安潔莉可，徵求她的意見。安潔莉可點頭表示同意。於是，她轉過頭問那位年輕的僕人：「我想試試看。你呢？科林，你會想試試看嗎？」

他那雙咖啡色的眼珠閃爍著喜悅的光芒：「好的，女士。謝謝！我一輩子都感謝您！」

「不要這樣！」深受感動的公主喊道，「你看你害我哭了！過來坐下。我們需要紙和筆。」

伊麗莎白嘆了口氣。她想起自己是如何學習的。嚴厲的瑪桑夫人曾試著教她卻沒有成功。女教師對她的壞脾氣和無禮感到厭煩，放棄了她，最後是克蘿蒂耐心地寫下字母，要妹妹模仿她。

伊麗莎白剛坐下，就畫了一個大大的A。

「這是A，」她向科林解釋，「Âne（驢子）的A，Armoire（櫃子）的A，還有……」

「Arbre（樹）？」

「沒錯！」她叫道，並把筆遞給他，「輪到你了，寫一個A……」

第六章

這一天的課程結束後，梅克夫人讓伊麗莎白和安潔莉可到公園裡玩。

「好了，孩子，」她對科林說，「我們要談談你的工作……」

伊麗莎白滿心歡喜地走出房門。能幫上忙的感覺真好！

安潔莉可挽著她的手稱讚她：「妳剛才做了一件好有意義的事。妳會改變這個新僕人的一生。」

「我替他感到開心！」安潔莉可笑了起來，「幾天前，妳還喊著學習一點用也沒有呢！」

伊麗莎白聳聳肩：「我錯了。要不要走到塞納河畔？」

她們走過修剪整齊的樹叢和五彩繽紛的花園，來到盡頭一處可以俯瞰河流的露臺上。景色美極了！她們在河岸上看見泰奧的身影，這位朋友坐在草地上，眺望著一艘準備起錨的美麗篷舟。小舟上有金色的座椅和紅色的布帆。

他起身迎接她們：「這艘船真美！希望有一天我也能出航，航向世界的盡頭……航向美洲……」

一旁的男人笑道：「這個嘛，這艘小如果殼的船恐怕只能航向巴黎！」

「查理！」伊麗莎白認出她最小的哥哥，大聲喊道。

她衝向他的懷抱。而這位王子也順勢將她抬起，親吻她的雙頰。法蘭西的查理—菲利浦(Charles-Philippe de France）和害羞的路易—奧古斯特、聰明的路易—斯坦尼斯拉斯完全不同。第一眼看到他的人，都會被他的俊俏和優雅吸引。他有一頭栗子色的頭髮和藍色的眼珠，臉上總是掛著笑容。他熱愛各種運動：馬術、掌球[13]、劍術、舞蹈，任何運動都難不倒他。

安潔莉可和泰奧趕緊恭敬行禮，而王子則用下巴回應。

「巴貝，看來，妳也想航向到海的另一端是嗎？」他對妹妹說。

「才沒有，親愛的哥哥，我只是趁下課時間出來走走而已。你呢？」

「我正準備要乘船出遊一小時。我很想邀請妳一起去，」他感到抱歉，「但是我已經答應朋友了……」

話一說完，他便迎上幾個美麗的女子。伊麗莎白注意到，這些人中沒有他的妻子瑪麗—泰蕾絲（Marie-Thérèse）。

查理是個不折不扣的花花公子！他的婚姻是王

註13：掌球（jeu de paume）：一種用手掌取代球拍擊球的運動，網球的前身。

室安排的，他根本不愛那位年輕的妻子，所以總是忽略她。

在他準備登船前，伊麗莎白叫住了他：「哥！你有沒有在住所裡看到國王爺爺的自動音樂盒？」

「音樂盒？」他笑著重覆這個字。「老天爺，當然沒有！我要音樂盒做什麼。親愛的巴貝，很抱歉，我沒看到。」

接著，他迫不及待地扶著美麗的乘客們坐上小船。所有乘客在舒適的金色軟墊座椅上坐定後，水手們便收起船錨，紅色的帆型旗在風中鼓起。

「還是沒有！」伊麗莎白嘆氣，「小提琴手到底會在哪裡？」

「女士！」遠處有人叫著。

她轉過頭，看見科林朝她們跑來。

「女士！我得跟您談談！」

他急著跑來，連三角帽都弄掉了！

他撿起帽子，匆匆梳理頭髮後，又跑了起來。

泰奧皺起眉頭：「哪個沒教養的傢伙，竟敢這麼粗魯地跟您說話？」

他挺直了身子，像個紳士般站到伊麗莎白面前，看似要保護她。

「喂，小流氓[14]。」他對科林喊道，「你就是

這樣跟一位法蘭西公主說話的嗎？」

科林突然停了下來：「先生，我無意冒犯！請原諒我。可是我必須跟女士說句話……」

伊麗莎白差點笑了出來！她推開俠義騎士泰奧，解釋道：「這是科林，我的新僕人。他今天才開始工作，還不懂宮廷裡的規矩。我要負責教他。」

註14：小流氓（maraud）：舊時罵人的話。流氓、壞男孩的意思。

泰奧聽著兩個朋友解釋認識科林的過程，感到非常驚訝。

年輕的僕人急著說話。伊麗莎白轉向他：「是梅克夫人派你來找我的嗎？」

「不是！是我要再一次感謝您給我工作，還送我一套新制服。還有教我讀書寫字……」

「那是我的榮幸……」

「可是，」科林的自尊心讓他堅持報恩，「我這輩子都會報答您的。我會為您做任何事！」

伊麗莎白笑了起來：「我什麼都不需要。你也看到了，命運的安排讓我擁有所有人夢想的一切……啊，我想到了，」她突然想起一件事，「你可以幫我一個忙。接下來的日子，你會在城堡裡傳遞訊息。我希望你可以仔細觀察城堡裡的東西。如果你看到一個自動音樂盒……」

「自動音樂盒？那是什麼東西？」

「一種會自動彈奏音樂的娃娃。如果你看到一個小提琴手音樂盒，就馬上來告訴我。」

科林答應後便倒退著離去，不忘拿起帽子致敬，滿臉笑容。

「走吧，該回去了，」伊麗莎白說，「梅克夫人一定在等我們了……」

第七章

兩天後，伊麗莎白埋在練習本裡，絕望地嘆著氣。眼前滿滿的練習題，可是她一點也提不起勁。她的目光穿過了舒瓦西的柵欄，落在遙遠的他方。她多想騎著馬在樹林裡散步啊，或者和她的哥哥查理一起乘著小船航行。

她凝視著白雲……它們的形狀多麼奇特啊！其

中一朵像一輛馬車，另一朵像擠眉弄眼的女人……簡直就是瞪大眼睛的瑪桑夫人……想到這裡，伊麗莎白忍不住露出微笑。

「女士，」梅克夫人的話在耳邊響起，「再努力一下就好！剩三題除法就做完了。」

伊麗莎白露出痛苦的表情，逗得安潔莉可大笑：「加油，再努力一下。我做完了。」朋友也為她打氣。

「可是，妳很厲害。不像我……」

「哎哎哎！」梅克夫人拍了拍她的肩膀，「女士，您也很厲害。不准懷疑自己。您最近不是才解開了一個密碼嗎？」

「是這樣沒錯……」

「所以啊，您可以的。我再給您五分鐘。」

母女倆走向露臺。伊麗莎白咬著筆端，一邊嘆氣，一邊伸出手指計算。

幾秒後，她笑了。其實這些算式沒有那麼難嘛！稍微專心一下即可……

「一四四除以十二，等於……」

「女士？」科林突然叫她。

伊麗莎白嚇了一跳，同時失去了專注力和腦中的答案。

「你要做什麼？」她用不耐煩的口氣問道。

科林被公主冷漠的口氣嚇到，往後退了一步。

「請原諒我，我只是要跟您報告，那個自動音樂盒……」

聽到這幾個字，伊麗莎白的態度立刻變得溫和起來。

「你找到它了嗎？」

「沒有……可是我認真找了！」

伊麗莎白失望地嘆了口氣。

「請別著急！」男孩接著說，「我從僕人專用的祕密步道走了半個城堡，看遍了廷臣們的房間，都沒有音樂盒！」

可憐的科林似乎對自己的成果感到滿意，她也只能表示感謝了。

「很好！只剩一半要找了……」

「科林，」家庭教師責怪他，「你不能隨意跟女士說話。這是很沒有禮貌的行為！五點再回來上課，現在先到走廊上等著。」

年輕的僕人立刻退出房間。

「他是個好孩子，」家庭教師嘆了口氣，「只是完全不守規矩……我們來看看這些算式……接著還要去您的姊姊那裡，跟高多尼signor上義大利文課。」

這則消息讓公主露出了開心的笑容：她非常喜

歡高多尼先生。他是個風趣的文人，上他的課總是很歡樂。

「然後，我們還要排演最後一次。」

今晚，在用過晚餐後，克蘿蒂、安潔莉可和伊麗莎白要在王室成員面前表演那齣戲。

「表演萬歲！」伊麗莎白歡呼。

可是，真正到了要上臺時，她的熱情又不如先前了。

她感覺胃在翻騰、心跳加速，脈搏快得不得了。「喔！我好怕，」她緊張地坦承，「不能明天再表演嗎？」

「看在上帝的份上，拿出勇氣來！」瑪桑夫人斥責，「您可是法蘭西的公主。公主從來不會缺乏勇氣！」

三名女演員和兩位家庭教師穿過長長的走廊，在盡頭看見一個富麗堂皇的房間。那是先王路易十五幾年前特意請人在這座小殿閣裡建造的餐室。國王希望它擁有無與倫比的金碧輝煌[15]。這裡的牆壁裝飾金色的木雕板，地板也是最美麗的大理石。正中央的大圓桌上擺著各種餐具、瓷盤和水晶玻璃杯，以及幾個仍點綴著精緻糕點的盤子、花束和小飾品。

「真是富麗堂皇！」安潔莉可呢喃。

從這座華美的廳室可以眺望塞納河。夕陽西

下，橘紅色的餘暉灑落在鏡子和巨大的吊燈上，交織成一片絢麗的光影。

王室成員們端坐在舒適的座椅上，環繞著角落裡搭建的木質平臺。

「來了！」路易—奧古斯特，也就是新的國王路易十六，高興地喊道。

他站起身迎接她們。臨時搭建的舞臺旁坐著瑪

註15：金碧輝煌（faste）：令人目不轉睛的奢華、壯觀。

麗—安東尼、路易—斯坦尼斯拉斯、查理和他們的妻子，還有伊麗莎白的三位姑姑，所有人都開心地笑著歡迎她們到來。

看到這個場景的伊麗莎白開始發抖了！路易—奧古斯特假裝沒有注意到。

儘管臉上掛著微笑，可憐的他看起來還是疲憊極了。他和大臣們肯定都過於勞累了。

他挽起兩個妹妹的手，走向舞臺。表演開始

後，兩名家庭教師便退到了牆邊。

她們的表演充滿了激情和感染力，引得觀眾們發出陣陣驚嘆。劇終時，她們贏得了雷鳴般的掌聲。真是一場成功的演出！

伊麗莎白向前走了一步。

「親愛的觀眾們，」她向在場的人問好，「感謝你們……」

她還想說下去，可是話卻卡在喉嚨裡，喘不過氣。就在那張圓桌上，花束與擺飾之間……她看到了音樂盒……那個小提琴手！

「怎麼了嗎？」路易—奧古斯特鼓勵她。

「非常感謝你們……觀賞……我們……」

可是，嚇人的事情發生了！圓桌竟然不可思議地沉入地板，桌布和餐具也一同消失了。不，她沒有眼花。桌子確實消失了！

「你們看！」她指著圓桌喊道。

瑪桑夫人對這個不得體的舉動感到羞愧，狠狠地瞪了她一眼。幸運的是，沒有人因此責怪公主。

一陣竊竊私語後，全家人都笑了起來。路易—奧古斯特解釋：

「沒錯，巴貝，妳沒看過這個奇妙的地方，很正常。我們的祖父讓人設計了這個巧妙的機關，這樣僕人們上菜或收拾餐具時，就不會打擾到我們。我們稱它為『飄移桌』。是世界上獨一無二的設計。它會降到地下室，過一會兒再升上來，桌子就會收拾乾淨了，這麼一來，賓客在用餐期間就不會被僕人打擾，可以盡情暢談。」

「所以，」伊麗莎白暗自想著，「這裡有一間地下室，下面的人在不見光影的地方工作……小提琴手也是藏在那裡。那麼現在該怎麼找到它呢？」

這時，阿德萊德（Adélaïde）姑姑打斷了她的思緒：「親愛的姪女，我希望，這齣戲能給妳帶來一些想法，希望妳今後可以更聽話一點……」

「姑姑，我會的。」伊麗莎白敷衍地回答，雙眼盯著眾人之間敞開的洞。

幾分鐘後，女演員和家庭教師離開了餐室。伊麗莎白經過那張著名的飄移桌時，桌子已經升回原處並清理乾淨了。她心裡盤算著，該怎麼到地下室去……

第八章

表演結束後，伊麗莎白和安潔莉可一直想著，該怎麼把音樂盒拿回來。

「科林說過，城堡裡有給僕人走動的祕密通道，走那裡就不會被王室的人看到。」

「他說的沒錯，」安潔莉可證實，「確實有個地下通道。我和母親住在公館，有些僕人會利用那個通道把熱騰騰的菜餚從廚房送到各個寓所……要不然，我今晚試著找找通往飄移桌的通道？」

「不行！妳要是被發現了，就會被處罰的。我們還是找科林幫忙吧。他穿著王室僕人的藍色制服，不會有人注意到他的。」

第二天，伊麗莎白才梳洗完畢，她的哥哥查理就來邀請她們乘船出遊。梅克夫人看到兩個女孩躍躍欲試，毫不猶豫地答應取消拉丁語和語法課。

查理是個好玩伴。年僅十七歲的他指揮起小船來就像個海軍上將！

「解開纜繩！」他喊道。

副家庭教師想趁機給女孩們上一堂她獨門的課程。

「好的，」她問兩個女孩，「請觀察一下河水，水是往哪個方向流的？」

這比在小客廳裡學習有趣多了！答案很快地就

如川流般傾洩出來。

家庭教師又問：「那麼，妳們知道塞納河的源頭是哪裡嗎？它會流向哪一片海洋？中間穿過了哪些城市？」

伊麗莎白和安潔莉可再次興高采烈地回答！

回到岸邊後，她們又回去上課。伊麗莎白原本以為會在寓所前看到她的新僕人，卻驚訝地發現他不在那裡。

「科林呢？」

「我派他去傳訊息了，」梅克夫人回答，「等一下要教他讀寫時，您就會看到他了。」

伊麗莎白點了點頭。她已經想好了，她要剪一些小紙片，在每一張紙片上寫下一個字母。如此一來，只要將這些小紙片拼接在一起，就能組成各種各樣的詞句。

「上課囉！」副家庭教師喊道，「在高多尼先生來之前，我們要先做一點數學題。」

和這位義大利作家一起上課一直是件令人開心的事。只是，這天早上，她們發現克蘿蒂的客廳裡只有他一個人。

「我覺得……有一點不對勁。」他用吟唱般的口音對她們說。

他偷偷地用大拇指指向臥室。伊麗莎白和安潔莉可趕緊上前查看。

克蘿蒂看上去很生氣，瑪桑夫人雙手抱在胸前，在房裡踱步。

伊麗莎白一開始以為姊姊被家庭教師懲罰了。可是這是不可能的！克蘿蒂就是完美的化身。她從來不會反對任何事，

一點也不叛逆。世界上沒有比她更專心的學生了。

不對，一定還有其他原因……

「我拒絕！」克蘿蒂吶喊。「這簡直是羞辱！」

瑪桑夫人最後用了一個大家都不習慣的溫柔語氣說：「可是，您不能拒絕。皮埃蒙的國王堅持這麼做。」

十四歲的克蘿蒂即將嫁給皮埃蒙—薩丁尼亞王國的王子。

「他要做什麼？」伊麗莎白問。

克蘿蒂滿臉通紅地說：「我的未婚夫看到我的畫像後，認為我太胖了。因為他是為了國家才娶我，所以他要確認我沒有任何會影響生育的疾病。」

「他是白痴嗎！」伊麗莎白立刻反彈，「真是個蠢才！」

克蘿蒂用蕾絲手帕拭去淚水：「他堅持我要接

受他的醫生和使臣的檢查。實在太羞辱我了！」

「別這麼想，」瑪桑夫人試著安慰她，「想想您的嫂嫂們，比如瑪麗—安東尼……您的祖父路易十五覺得她沒有胸，牙齒不夠整齊……還要她找牙醫矯正。還有瑪麗—喬瑟芬……一頭深棕色的頭髮，毛髮……嗯……不少。廷臣們對她冷嘲熱諷[16]甚至……強迫她除毛。女士們，公主和平常人不同，她必須全心奉獻給未來的國家。」

克蘿蒂嘆了口氣。

「我會好好想想的……很抱歉，我沒有心思上課。請原諒我今天不上義大利語課了。」她哽咽著說完。

「好，今天的義大利語課就取消吧。」

瑪桑夫人看見淚水從她的臉頰上滑落，不禁憐

註16：冷嘲熱諷（faire des gorges chaudes）：嘲笑，惡意諷刺。

惜地輕聲說道：「克蘿蒂女士，您也許不是大美人，可是老天爺賜予您所有最好的特質。您的未婚夫見到您就會理解了。振作起來吧……您要不要去見見王后殿下，感謝她送您禮物？」

她轉過身指向五斗櫃上的人偶。

「小提琴手！」伊麗莎白大叫。

所有人都被她的叫聲嚇了一跳。她衝向音樂盒，一把抓住。姊姊看到她如此激動，也感到驚訝，走到她身邊說：

「這是瑪麗—安東尼今天早上送我的。她在衣帽間裡發現了它，夾在一堆古董小玩意兒中間。她知道我最喜歡的樂器是吉他和小提琴，所以就送給我了。巴貝，妳看起來很喜歡它……」

「妳知道嗎，這個小提琴手其實和其他兩個音樂盒組成一個樂團。我

已經有大鍵琴了，是國王爺爺送我的。第三個是長笛手，很久以前就消失了。」

克蘿蒂是個善良的人，總是替其他人著想。所以儘管她遇到了問題，還是露出了溫柔的笑容：

「爺爺收集了這幾個音樂盒。我想，我應該在特里亞農宮裡看過妳說的長笛手……可是先別說這個了。妳想要這個音樂盒嗎？我非常願意把它送給妳。我想瑪麗—安東尼不會介意的。她昨天把它帶到晚餐上，打算在表演結束的時候送給我。誰知道跟用過的餐具一起被飄移桌吞下去了。」

「謝謝，」伊麗莎白很感動，「妳給了我一份最好的禮物！」

接著，她把音樂盒抱在懷裡，轉向瑪桑夫人：「我也一定會感謝王后殿下的。現在，既然今天沒有義大利語課，請允許我回去找梅克夫人。」

她很有禮貌地向家庭教師行了屈膝禮，安潔莉可也趕緊照做。接著，兩人大步走出房門。才走到走廊轉角處，兩人便忍不住歡呼，一旁的侍衛都看呆了。

「我們找到小提琴手了！」公主喊道。

「給我看看！」

伊麗莎白把它交給安潔莉可，讓她仔細查看。

「真的是他！站在譜架前的男人。」她說。然後又湊得更近觀察。

「他一手握住抵在脖子上的小提琴，另一隻手拿著琴弓，看起來好生動，就好像他正在看眼前的樂譜……」

「我同意。希望他還會動。我們趕快回去。很快就會知道裡面有沒有新的線索了。」

梅克夫人看見她們激動地回到寓所，又看見她們手裡的音樂盒，馬上就明白了。

「看來，尋寶遊戲要繼續了。」她笑著說。

「如果裡面藏了密碼，」伊麗莎白回答，「我們就能繼續調查，尋找《拿著玫瑰的女士》。泰奧家就能和以前一樣富有了！」

「安潔莉可，」梅克夫人對女兒說，「讓科林去找小維勒博先生。我想，他看到妳們找到的東西一定會很高興。」

「快去吧，」伊麗莎白催促，「我先開始檢查這位音樂家。」

科林沒有在崗位上，安潔莉可只好親自跑到馬廄找人。侍童正在那裡練習馬術。負責訓練他的馬術教練聽見國王的妹妹要求見他，便用嚴肅的語氣命令：「子爵先生，請注意您的舉止，務必要像個紳士，守護陛下侍童的榮譽。」

泰奧挺直了身子應道：「先生，請放心！」

他們氣喘吁吁、興奮不已地來到伊麗莎白的住所。這段時間，伊麗莎白已經先把小提琴手的衣服脫了。只見她滿臉愁容。

「沒有任何訊息嗎？」安潔莉可猜想。

公主搖了搖頭。

「什麼都沒有！」她嘆了口氣，「我全部都看過了。連假髮都拿起來看了，可是機械裡沒有東西，小提琴裡面也沒有，他腳下的底座裡也沒有……」

「上一個字條寫了什麼？」泰奧問。

「要找拿著玫瑰的女士，請看小提琴手，他會帶你們找到她。」

「那就仔細觀察他！可以讓他動嗎？」

伊麗莎白把發條轉到底，再把音樂盒放到桌上。音樂盒響起優美的旋律，用象牙和金屬製成的手臂來回拉著琴弓，時不時還會朝譜架伸去，就像要翻頁似的。

「我就說吧，」她生氣地說，「沒有東西。什麼都沒有！音樂盒很正常……沒有藏任何祕密。」

「真是倒霉！」

泰奧聳了聳肩。一副無可奈何的模樣。

「看來，」他嘆了口氣，「我們家註定不會富有了。算了吧！我就……」

這時，候見廳那頭傳來一陣叫喊聲，打斷了他的話。

「以國王之名，別動！」

「發生什麼事了？」伊麗莎白擔心問道。

「聽起來是值班的守衛。」安潔莉可回答。

門突然被用力推開。頭髮凌亂的科林衝進房裡，神色慌張。緊跟在他身後的是守衛和一名衣著華麗的王侯。伊麗莎白記得這個人，他們抵達舒瓦西的那天，他和其他廷臣在一起。

「科林！」她喊道，「發生什麼事了？」

「我什麼都沒做！女士，請救救我！」

「你這個小偷！」男人大喊。

梅克夫人試圖介入，但守衛比她快了一步：「你完蛋了！」

他以迅雷不及掩耳之速，一把抓住科林，阻止他逃跑。但僕人拚命掙扎，拳打腳踢。

「泰奧，去幫幫他！」伊麗莎白也喊道，「拜託！」

侍童聽從命令，奮不顧身投入他們的揪扯。要不是那位廷臣把他推開，他肯定能救下科林的。

「夠了！」梅克夫人下令，「你們現在是在法蘭西公主的寓所裡，她可是國王的親妹妹！我要求你們說明事情始末！」

兩個男人瞬間僵住，科林趁機逃脫，躲到副家庭教師的裙襬後方。

廷臣一臉不屑地向前走來，下巴抬得天高：

「我在我的房間裡抓到這個小賊正在翻我的文件！那些都是要上呈給國王簽名的重要文件。」

「你亂說，」科林反抗，「我什麼都沒動！我只是走進去而已……」

伊麗莎白屏住呼吸……難不成科林是在找小提琴手時被抓了？

「只是走進去？」廷臣嗤笑，「你當我是傻子嗎？你就是個小偷！你知道我們怎麼處置小偷嗎？關進牢裡，處以絞刑！」

伊麗莎白害怕地叫了出來，科林也發出一樣大聲的尖叫。

梅克夫人舉起雙手，要大家冷靜下來：「肯定有什麼地方出錯了。這個善良的孩子不會做出傷害任何人的事……」

「不要再替他說話了！」男人怒斥，「我是格蘭賽(Gransay)伯爵，財政大臣。我要逮捕這個男孩！我有證人可以證明他的罪行。」

守衛清了清喉嚨，神情尷尬。他轉向家庭教師：「夫人，請原諒我的無禮，但我必須把他帶到執法官[17]那裡。如果他是無辜的，法律會證明他的清白。」

幾秒後，科林就被強制拖走了。

「別擔心，」伊麗莎白向他保證，「我們一定會把你救出來的！」

門剛關上，她就喊道：「是我的錯！是我要他去找小提琴手的，他只是聽從命令。他說他已經看過城堡裡一半的房間了，是我鼓勵他繼續找……」

註17：王室執法官：是王宮裡的警衛，負責國王所在地的安全。

家庭教師驚恐地看著她：「女士，您做了一件很笨的事！現在那個男孩的生命危在旦夕。如果他真的是在國家大臣的房裡翻閱機密文件被抓到，就有可能被當作間諜判刑。」

「不可能的！科林才十歲！」

梅克夫人沉重地嘆了口氣：「在巴黎，每天都有孩子被關進牢房。警察是不管年齡的！」

「那我去執法官那裡作證！」伊麗莎白提議。

「一個法蘭西公主去見執法官？」她的語氣有點怒氣，「為了一個被關在牢裡的小偷？別作夢了，瑪桑夫人不會同意的，我也不會！」

公主重重跌進椅子裡。這件事讓她感到不知所措。「等到明天吧，」副家庭教師緩了緩語氣，「等這位大臣整理好文件，發現沒有任何遺漏後，也許就會收回指控了……」

第九章

可想而知，伊麗莎白當晚幾乎沒有闔眼。晚餐時，她什麼也吃不下，腸胃都糾在一起了，只能勉強用嘴唇沾幾口食物。接著，她帶著淚水躺到床上。她自責不已，後悔不該慫恿科林去搜查城堡。她把睡帽拉到耳朵上，祈禱科林能重獲自由。

第二天早上，她頭昏腦脹地醒來。

「有科林的消息嗎？」一看到梅克夫人和安潔莉可出現，她就著急地詢問。

「還沒有，」副家庭教師回答，「我等一下就去執法官那裡了解狀況。」

「我也想一起去。」

「絕對不行，」梅克夫人責備，「您已經做了夠多蠢事。讓大人來處理吧。」

她把一條鑲著流蘇的長披肩披到肩上。

「待在這裡，」她離開時命令道，「我回來前不准亂動。」

伊麗莎白心裡難受極了！不過，她的目光落在音樂盒上。有人給小提琴手穿上了衣服，也把假髮戴上了，大概是哪位僕人做的吧。

她討厭這個小提琴手！它不只不能替泰奧找回財富，還害科林被關進牢房裡了。

安潔莉可順著她的目光看過去：「科林那麼賣

力地找小提琴手不是妳的錯。」

伊麗莎白深深嘆了口氣：「當然是我的錯！我是他的主人，他是我的僕人，他當然覺得應該服從我的命令。翻別人家裡的東西是不對的。我不應該要他去做這種事。」

她指著音樂盒繼續說：「我要把它還給克蘿蒂。我不想再看到它了！」

安潔莉可也嘆了口氣。她拿起音樂盒，忍不住又上緊發條，放回桌上。琴弓立刻在小提琴上舞動起來，奏出美妙的音樂。幾秒後，音樂家的小手伸向譜架，翻動樂譜。

「它真的好美，」她輕嘆，「每一個動作都完美複製了人類。工匠甚至還讓音樂家看樂譜……」

原本一臉愁容的伊麗莎白突然叫了一聲，衝向桌子：「譜架！小提琴手在看樂譜！也許線索就藏在那裡。」

她拿起音樂盒，湊到由兩張小紙做成的微型樂譜前。樂譜上畫了五線譜和音符。

「真的好小。」她抱怨道，「我的放大鏡，快！」

她用最快的速度跑到書桌前，拉開抽屜，在鉛筆、鵝毛筆、尺和

吸墨紙中翻找。

「找到了！」她揮舞著放大鏡，發出勝利的歡呼。

「到有光的地方看。」安潔莉可提議。

她拿起音樂家，趕緊走到窗邊。明媚的陽光透過玻璃窗照進來。伊麗莎白激動得發抖，調整好放大鏡的位置後，她開始瀏覽樂譜。

「第一頁什麼都沒有。」她失望地噘嘴說。

「快看第二頁！」伊麗莎白用指甲翻動樂譜，看到新的五線譜上畫著全音符和八分音符。

「也沒有……看看最後一頁……」

其實，她已經不抱任何希望了。只有瘋子才會在這麼小的本子上寫字！不過，她還是強迫自己去看。

她的心頭一震。最後一頁上有字！

「找到了！」她大叫。

接著她在原地跳了起來，跳起歡慶的舞蹈，一手拿著音樂盒，一手抓著放大鏡。

安潔莉可等不及了，「怎麼樣？妳打算讓我等多久？上面寫了什麼？」她氣嘟嘟地說。

興奮得雙頰通紅的伊麗莎白回到桌邊坐下。

「很快就會知道的。我先去拿紙筆。給妳，」她對朋友說，「把妳看到的唸出來……」

她遞上放大鏡，藍色的眼珠閃耀著喜悅的光

芒，等待著。

安潔莉可吃力地讀出紙上的字：「天啊，字好小！墨水有點褪色了……我看看……RG……然後是L…R…A…Z…O…Y…Z…K…，然後是G、R、再一個G，最後是I、R、K！

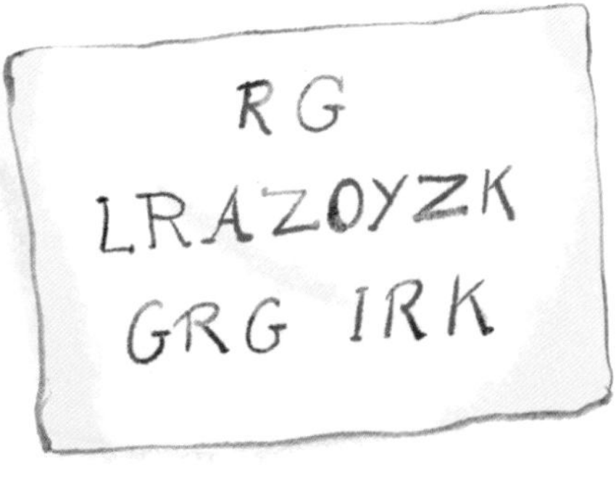

伊麗莎白把所有字母都記下來後，拿出之前用來解開第一張訊息的密碼表。這些訊息上的字母都

往後挪動了七個位置。因此紙上的G實際上是A，H就是B，I就是C……以此類推。

她才剛把手放到紙上，門就開了。梅克夫人走了進來，臉色沉重。伊麗莎白扔下紙和筆，衝向她。

「怎麼樣？」

副家庭教師眉頭深鎖，預告了壞消息。她似乎猶豫了一下後才說：「執法官把科林關進地牢[18]裡了。我盡力為他辯護，但沒有人聽得進去。」

「不！」伊麗莎白感到氣憤。

「格蘭賽先生指控科林闖入他家偷窺和偷竊。他是個很有權力的人，而且他堅持要嚴懲您的僕人。」

「太荒謬了！怎麼可能有人相信一個小農夫是間諜？我要去跟警察解釋清楚！」

註18：地牢（cachot）：狹窄、低矮、陰暗的牢房，用來關押罪犯。

她突然起身，衝向門口。家庭教師根本來不及阻止她。

可是才剛走上走廊，伊麗莎白就發現自己不知道該往哪裡去。梅克夫人在她身後喊著，要她回到房裡……見伊麗莎白不打算聽話，她便追了上去。

「泰奧！」伊麗莎白心想，「他一定知道。」她提起裙襬，拔腿就跑。一到馬廄，她就開始尋找侍童的身影……

「可惡！我得快點找到他……快……啊，在那裡！」他正在刷洗馬匹。

「泰奧！警隊在哪裡？」

伊麗莎白迅速從他的肩膀上看了一眼。安潔莉可只離她幾步遠，可是梅克夫人還吃力地在後面追著。「太好了！」她心想，「我還有機會跟執法官說話。」

「這個嘛，」泰奧菲·維勒博答道，「我想，他們應該在僕人的那棟樓裡……」

「沒錯！公館，就是那裡！」

她毫不遲疑地跑向公館。幸運的是，她和哥哥查理一樣四肢發達。

安潔莉可追上她，兩人氣喘吁吁地來到公館前。可是一名守衛擋住了她們的路……

公主挺直了身子，揚起下巴，板著嚴肅的臉對衛兵說道：「我是法蘭西的伊麗莎白，我要求立刻面見王室執法官……」

可是衛兵的反應出乎她的意料。他竟然笑了起來。他面前站著兩個小女孩，滿臉通紅，頭髮凌亂，一點也不像公主！

「是啊！」他打量

著兩人，邊開玩笑，「那我就是奧地利皇帝！」

伊麗莎白氣得跺腳！

「你這個蠢貨，讓我過去！」她大吼，「我真的是國王的妹妹，你敢不聽我的話，我就把你關進巴士底監獄！」

她的威脅起了作用。男人被她的氣勢嚇傻了，挪動身體讓開了路。伊麗莎白進到樓內後，看見裡面有好幾間房。

其中一間房的房門很大，另一間則掛著一個大鎖，那是地牢。只是，牢房的門是開著的……

「裡面沒人！科林去哪裡了？」這時，泰奧也趕來了。

「您是在找那個新僕人嗎？」他擔心地問道，「他們沒有釋放他？」

「沒有。我得想辦法救他！科林！」她喊著，「你在哪裡？」

「誰在那裡？」另一個聲音回應。是另一名身著制服衛兵聽見他們的聲音過來了。伊麗莎白站到他面前，要求：「我要見執法官，現在馬上！」

「蘇胥侯爵不在。他剛出去審問一戶農家。」

「農家？」衛兵身後傳來另一個男人的聲音。「你要說的是間諜，小偷吧……等他審問完，這些人就會上絞刑臺[19]了！」

看到來者時，他吃驚地說道：「這些年輕人在這裡做什麼？為什麼放他們進來？」當他看到家庭教師也氣喘吁吁地跑來時，又更驚訝了。

「女……士！」她上氣不接下氣地喊著，連身旁的警衛都沒有注意到。

註19：絞刑臺（gibet）：死刑犯執行絞刑的地方。

「女……士！您……您太過……份了！您……答應……過……不會……再……做壞事了！」

三名男士立刻認出了她。她一個小時前才剛來過，和他們的上司談過話。

「可是，」伊麗莎白辯解，「科林可能會死掉，他的家人也是！這位先生剛才說了，執法官確信他們有罪！我不允許這麼不公平的事情發生！如果無辜的人因為我而被定罪，我晚上怎麼睡得著？」

家庭教師的態度軟了下來，終於承認：「您說的……也許是對的。我應該要給您……正確的教育，可是我卻要您……保持沉默！可是……很遺憾的是，親愛的孩子，法律……有既定的程序要遵守……」

「如果我去找瑪麗—安東尼王后呢？我提議讓科林做我的男僕時，她同意了……也許她會願意為他求情？」

梅克夫人點點頭：「這是個……好主意！去吧……很抱歉，」她又補充，「我走不動了……子爵先生，」她接著問泰奧，「您可以陪女士一起去嗎？……等我喘過氣來……就到王后那裡……與你們會合……」

「樂意之至。」侍童答道。他脫下帽子，優雅地向副家庭教師鞠躬，然後趕上前去為兩位女孩開路。

「快！」伊麗莎白催促，「我們沒有時間耽擱了！」三個人於是跑向城堡大門。然而，才到國王寓所門外，他們就得知瑪麗—安東尼不在。

「王后陪伴國王陛下去狩獵了。」一名貼身女僕說明。

伊麗莎白憤怒地握緊了拳頭。難道沒有人能幫她了嗎？

「怎麼辦？怎麼辦？」她焦急地重複，「我們只能去找狩獵隊了！」她下定決心。

她毅然決然地朝著大門走去。

安潔莉可抓住了她的手臂說：「不可以！如果妳擅自離開城堡，瑪桑夫人一定會把媽媽解僱的……」

伊麗莎白看著她，不知所措：「如果我留下來，科林就會被判刑。如果我去找瑪麗—安東尼，妳媽媽就會被解僱。我該怎麼辦？」

她又想了想，提出一個辦法：「我們可以偷偷去。泰奧，給我的馬——莓果，上鞍，把牠帶到樹林邊緣。我們一起去找他們。你來護送我。」

「那我呢？」安潔莉可生氣地問。

「可是……妳又不會騎馬！」

「我會！雖然沒有妳那麼好，但也足以跟上你們了……」

三人面面相覷。

「如果我們被發現，」泰奧壓低聲音說，「我也會被解僱。我的家人會蒙羞。而您，女士，您會受到懲罰……」

「唉！瑪桑夫人一定會把我鞭打一頓。」

「而我，」安潔莉可也說，「我就不能繼續上學了，也不會有嫁妝可以結婚。可是……只要能救科林，這些都不算什麼。」

「您說的對。」泰奧總結，「我去準備三匹馬，然後到樹林邊跟你們會合。我知道一條小路，沒人會注意到我……」

說完，他拿著帽子快步離去。

第十章

伊麗莎白和安潔莉可趕到圍繞城堡的大門邊。一名穿著制服的士兵在那裡站崗。不過，他的工作是檢查進門的人，而不是確認出去的人，所以她們很順利地走出門，士兵連眉毛也沒動一下！

十分鐘後，泰奧牽著三匹馬來了。

「我很幸運，」他說，「我告訴馬伕你們要去上馬術課，他就相信了。」

他們躲進一片小樹叢裡，侍童幫他的兩個朋友上馬。這可不是件容易的事！她們穿著日常的連衣裙，裡面架著能讓裙子鼓起來的輕便柳條裙撐。更不用說優雅的宮廷鞋，和馬靴完全不同，不方便踩馬鐙。

「穿騎裝[20]上馬容易多了！」伊麗莎白嘆道。

註20：騎裝（amazon）：女性騎裝，包含一條長而寬的裙子和一件非常修身的外套。

「妳還好嗎？」接著又問安潔莉可。

「還好，」她的朋友回答，聲音裡帶著一絲焦慮。「如果我拖累你們，你們就別管我了。」

他們一開始小跑著出發，等城堡消失在視線之外後，他們就開始疾馳。幾分鐘後，他們聽到了獵狗的叫聲和引導獵人的獵號[21]聲。伊麗莎白勒住莓果的韁繩，在一個叉路口停了下來。

「我們離狩獵隊不遠了。走左邊這條！」

他們策馬狂奔，終於看到女士們乘坐的馬車了。

路易—奧古斯特和他的祖先一樣喜愛打獵。男士們騎馬，但大多數的女士們喜歡自在地坐在敞篷的馬車裡。

伊麗莎白很快就認出了瑪麗—安東尼的馬車。

註21：獵號（cors）：一種號角，吹奏樂器。

「糟了！」她突然緊張起來，「她和諾瓦耶夫人在一起，我們完蛋了！『禮節夫人』一定會向瑪桑夫人告狀……」

「那，」泰奧試著找方法，「您只要說您的家庭教師同意讓您來見王后就好。」

「可是……這是謊話！」

「不！」安潔莉可笑了起來，「泰奧說的對。我們沒有騙人，只是，媽媽沒有明確地指定我們要到城堡裡找她……」

「或是到獵場找！」泰奧接著把話說完。

「快走吧！」伊麗莎白喊著。

「巴貝？」王后驚訝地問道。她注意到伊麗莎白身著美麗的藍色絲質洋裝，腰間還繫著腰帶……一般而言，女性不會穿成這樣騎馬。

「菲爾曼！」她命令車伕，「停車！」接著，她問了年輕的小姑：「發生什麼事了嗎？」

伊麗莎白不知從何說起……諾瓦耶夫人嚴肅的目光一直盯著她。最後她鼓起勇氣說：「您還記得我的僕人科林嗎？」

「那個被我們的馬車撞倒的女人的兒子？」瑪麗—安東尼接著說，「記得，記得很清楚。」

「一個叫格蘭賽先生的財務大臣指控他竊取機密，可是他根本不會讀書也不會寫字。警察認為他的母親和弟弟妹妹都是共犯，已經去抓捕他們了……」

王后憤怒地驚呼。

「不能讓他們這麼做！那個可憐的女人已經夠慘了。菲爾曼！」她對車伕下令，「馬上載我到那戶人家那裡！」

「殿下！」諾瓦耶夫人出聲阻止她，「怎麼可以這樣！您不能離開丈夫的狩獵區。這樣做完全不合禮儀。」

「您沒有心嗎？」王后斥責，「這一家人需要我！請您下車，搭乘另一輛車。至於您，巴貝，跑快一點，去他們的小屋那裡，試著說服執法官。我會趕上妳的！」

三人聽命行事。幾分鐘後，他們來到科林一家居住的林間空地。警察已經把那裡弄得一團糟了！所有的東西都被翻了出來，

山羊和母雞全都逃走了，農婦絕望地哭著，執法官大吼：「別裝可憐博取同情了！坦白從寬！」

「我媽媽又聾又啞！」這次換科林大吼了，「她沒有辦法回答您的問題。」

年輕的男僕被兩名衛兵按住，無法動彈。

「這都是無賴的小把戲，」執法官不屑地回答，「對我沒有用！」

接著，他抓起農婦用力搖晃。

「夠了！」伊麗莎白跳下馬。

男人轉過頭。

「你是誰，竟敢打斷我？」

「你的主人的妹妹！」

男人一點也不相信。不過，當他看到泰奧身上穿的侍童制服時，語氣緩和了下來：

「這些人是小偷。我能理解，像您這樣一位出身高貴、生性嬌弱的女士，看到這樣的場景，難免感到難過，但我不過是在履行職責而已。我是在追捕罪犯。而且，我還有證據證明他們偷竊！看看我在他們的東西裡發現什麼……」

他亮出手中的緞面小錢包，接著說：「肯定是這個科林從城堡某處偷來的！」

「啊，可是……可是這——」伊麗莎白憤憤不平地說道，「這錢包是他們的！」

幸運的是，瑪麗—安東尼的車子也正好到了。

執法官認出來者，急忙上前脫帽致意：「殿下？您迷路了嗎？我能為您效勞嗎？」

「我的小姑，」王后的話裡夾著憤怒，「剛才告訴我，您抓了某個受我保護的人……」

「您……保護？」他艱難地咽了咽口水，「您認識這些農民？」

「正是如此！」王后抬高頭說，「你手裡的錢包還是我親自送給這位女士的！我命令你放開她！」

執法官急忙道歉，不忘為自己辯解：「這個科林是個小偷。我們發現他在格蘭賽先生的寓所裡翻找文件……」

伊麗莎白打斷他的話：「是我要他做的。我弄丟了一個東西，科林幫我找遍了城堡裡每個房間。他不知道這麼做是不對的……」

「先生，看吧，」瑪麗—安東尼又說，「這名男僕不過是服從了主人的命令。您要是想指控某人偷竊和竊取情報，那就得逮捕國王的妹妹！」

她說這些話時，露出了狡猾的眼神，但眼前的男人已經意識到事情的嚴重性了：逮捕國王的妹妹？這麼一來，他也會被解僱的，一定會的！

「當然了，」他勉強擠出一抹笑容，「如果這個男僕只是服從命令，而這錢包是屬於他母親的，我也只能放了他們……」

話一說完，他就放開了所有人！農婦一家跪倒在王后面前。

「不用感謝我，」她扶起他們，一邊說著，

「你們本來就是無辜的！」

接著她又對伊麗莎白說：

「巴貝，快回城堡裡。至於我，

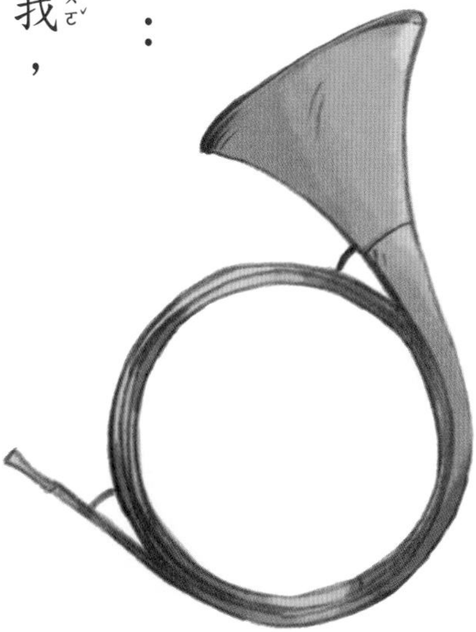

得在他們注意到我離開之前，趕快回到獵場陪妳哥哥了。」

第十一章

梅克夫人憂心忡忡！一旁的瑪桑夫人緊咬著嘴唇，正準備嚴厲處置她……

「寫五百遍『我不會再擅自離開城堡，我會聽家庭教師的話』，今天您只能吃乾麵包和喝水！」她命令。

「好的！」伊麗莎白嘆了口氣，「您是對的，這是我應得的。」

至少，她躲過了一頓鞭打……

「科林怎麼樣了？」梅克夫人問。

「媽媽，他很好，」安潔莉可回答，「王后殿下及時阻止了執法官。科林和他的家人都被釋放了。」

瑪桑夫人一離開，這位副家庭教師就裝出嚴厲的口氣說：「您騙了我，我很不高興……但我也為您救了僕人而感到驕傲。做得好！」

伊麗莎白欣喜地投入她的懷抱。

「我不想違抗命令，」她緊緊地抱著她，「只是要趕快行動才行……」

「而且，」泰奧補上一句，「我也在這兩位小姐身邊保護他們……」

「子爵先生，您是個真正的騎士。」梅克夫人感謝他。

「小提琴手！」伊麗莎白突然想起音樂盒和放大鏡，「我們在樂譜上看到了一則訊息。」

「那麼，你們還在等什麼呢？」家庭教師笑著說。

他們衝向桌子，拿起那張寫了密碼的紙，破解了訊息：

「La flûtiste a la clé（鑰匙在長笛手那裡）」安潔莉可讀出訊息。

「看來又是一個新的謎題了！」泰奧忍不住嘆氣，「長笛手在哪裡？他有什麼鑰匙？」

「我想我知道下落，」伊麗莎白興奮地回答，「克蘿蒂跟我說過，她在特里亞農宮裡看過那個音樂盒……」

「特里亞農宮？是在凡爾賽裡的那個？」

「沒錯。所以，等我們回凡爾賽，就可以繼續調查了。」

「你們想不想吃點美味的下午茶？」梅克夫人打斷他們，「騎了那麼久的馬，你們一定餓了。」

「說真的，我餓死了！」伊麗莎白喊道，隨即又嘟起了嘴，「可是……瑪桑夫人罰我只能吃乾麵包和水……」

「她不必知道所有的事。」家庭教師對她眨了眨眼。

然後，這三個好朋友看見僕人端來了餐盤，上面裝滿了甜點和檸檬汽水……

下集待續……

法國宮廷

法國的宮廷裡大約有一萬個人！其中有一半是僕人，另一半則是廷臣。

廷臣通常都是貴族，他們會跟著王室成員移動。

國王會賜予他們頭銜，並給予津貼。他們的食宿都由王國負擔，還有權享受各種娛樂活動：舞會、戲劇、狩獵和各種遊戲……其中一些和國王、王后較為親近的人還可以住在城堡裡，通常是很小的公寓，但他們仍然為此感到自豪。

身為廷臣是一種莫大的榮耀。

然而，他們必須以滿腔的熱忱服侍君主，證明自己的忠心。他們遵守王室禮儀，也要參加嚴謹的儀式，例如國王的晨起與就寢儀式。稍有差錯，他們就會「失寵」，也就是被解僱，因此蒙受恥辱。

貴族婦女會被任命為親隨侍女、專任教師、家庭教師或貼身女官（dames d'atour）。男性則會擔任地方總督（Intendants）、大臣或貼身護衛……

伊麗莎白出生時，路易十五為她招募了一批侍從，包括醫生、藥劑師、隨行牧師、理髮師、舞蹈教師、繪畫教師、音樂教師、法語教師、數學教師、物理教師、馬術教練和雜技教練……以及十二名貼身女僕、男僕和廚娘……這些人都由法國王室子女的家庭教師瑪桑夫人管理，梅克夫人則從旁協助。

十五歲時，伊麗莎白就可以組織自己的寓所成員，由她自己管理。她選擇誰當她的親隨仕女呢？當然是——安潔莉可。

國家圖書館出版品預行編目(CIP)資料

伊麗莎白的凡爾賽冒險. 2：王后的禮物／安妮.潔(Annie Jay)作；雅瑞安.德里厄(Ariane Delrieu)繪圖；許雅雯翻譯. -- 初版. -- [臺北市]：愛米粒出版有限公司, 2024.08
208 面；14.8x21 公分. --（愛讀本；015）
譯自：Elisabeth, princesse à Versailles. 2 : le cadeau de la reine
ISBN 978-626-98741-1-8(平裝)

876.596　　113008201

愛讀本 015

伊麗莎白的凡爾賽冒險 2：王后的禮物

Elisabeth, princesse à Versailles. 2 : le cadeau de la reine

作者　安妮・潔（Annie Jay）
繪圖　雅瑞安・德里厄（Ariane Delrieu）
翻譯　許雅雯
總編輯　陳品蓉
封面設計　陳碧雲
內文編排　劉凱西
負責人　陳銘民
出版者　愛米粒出版有限公司
編輯部專線　（02）2562-2159
傳真　（02）2581-8761

總經銷　知己圖書股份有限公司
郵政劃撥　15060393
（台北公司）台北市106辛亥路一段30號9樓
電話　（02）2367-2044／2367-2047
傳真　（02）2363-5741
（台中公司）台中市407工業30路1號
電話　（04）2359-5819
傳真　（04）2359-5493
印刷　上好印刷股份有限公司
電話　（04）2315-0280
讀者專線　TEL：(02)2367-2044/(04)2359-5819#230
FAX　(02)2363-5741/(04)2359-5493
E-mail：service@morningstar.com.tw
郵政劃撥　15060393（知己圖書股份有限公司）
法律顧問　陳思成
國際書碼　978-626-98741-1-8
初版日期　2024年8月1日
定價　新台幣350元

因為閱讀，我們放膽作夢，恣意飛翔。
在看書成了非必要奢侈品，文學小說式微的年代，
愛米粒堅持出版好看的故事，
讓世界多一點想像力，多一點希望。

愛米粒FB
填寫線上回函卡
送購書優惠券

Elisabeth, princesse à Versailles. 2 : le cadeau de la reine
By Annie Jay and illustrated by Ariane Delrieu
Copyright © 2015, Albin Michel Jeunesse
Chinese translation rights in complex characters
arranged with Albin Michel Jeunesse.
through PaiSha Agency.
版權所有・翻印必究
如有破損或裝訂錯誤，請寄回本公司更換